故事大王瓦屋古

涅斯特铃歌　著

田辰晨　译

新时代出版社

·北京·

著作权合同登记　图字：军—2010—106号

图书在版编目（CIP）数据

故事大王瓦屋古/（德）涅斯特铃歌著；田辰晨译.--北京：新时代出版社，2011.6

（小豆包开放书架）

ISBN 978-7-5042-1432-4

Ⅰ.①故…　Ⅱ.①涅…②田…　Ⅲ.①童话—德国—现代

Ⅳ.①I516.88

中国版本图书馆CIP数据核字（2011）第064638号

First published in 1985 by Dachs Verlag

ⓒ 2001, Patmos Verlag GmbH & Co.KG

Sauerländer Verlag，Mannheim

Der Wauga

by Christine Nöstlinger and illustrated by Christiane Nöstlinger

本书中文简体版权经由北京华德星际文化传媒有限公司引进

※

新时代出版社 出版发行

（北京市海淀区紫竹院南路23号　邮政编码100048）

北京嘉恒彩色印刷有限责任公司印刷

新华书店经售

*

责任编辑：王晓丹　闫春敏　　责任校对：钱辉玲　　特约审稿：张　燕

开本 880×1230mm　1/32　印张 3　字数 30千字

2011年6月第1版第1次印刷　定价 16.00元

（本书如有印装错误，我社负责调换）

国防书店：(010) 68428422　发行邮购：(010) 68414474

发行传真：(010) 68411535　发行业务：(010) 68472764

妈妈叫他小麻雀。因为婴儿时期的他娇小可爱，就像小麻雀一样，总能咿咿呀呀地发出尖尖细细的叫声。

妈妈

　　爸爸叫他小跟班。因为爸爸干重活、累活时，他都愿意在一旁帮忙。

爸爸

奶奶叫他小伙子。爸爸小的时候，奶奶也这样叫爸爸。

爷爷叫他彼得，因为他的真名就叫彼得。

姐姐叫他小不点儿。自己比他大、比他聪明，这令姐姐十分骄傲。

弟弟叫他头儿，这是他一手调教出来的。"在这儿我是头儿！"他总对着弟弟大叫。

姐姐

弟弟

　　朋友们叫他瓦屋古。因为惊讶或者高兴的时

候，他总会叫一声"瓦一屋一古"。

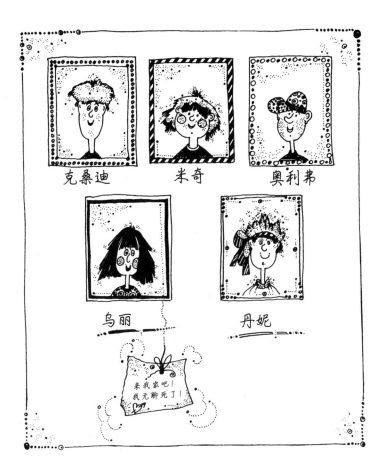

克桑迪、奥利弗和丹妮每天与瓦屋古一起上学。在教室里，克桑迪坐在瓦屋古前面，奥利弗坐在瓦屋古旁边，丹妮坐在瓦屋古身后。

乌丽和瓦屋古住在同一栋楼里。瓦屋古住一楼，乌丽住二楼。瓦屋古的房间就在乌丽房间的下面。每天晚上，瓦屋古都会拿起爷爷的拐棍儿在天花板上敲三下，意思是："晚安，乌丽。"如果乌丽想和瓦屋古说点什么，又懒得下楼，她就会从窗子里放下一条绳子。绳子上系着纸条，上面写着她想对瓦屋古说的话。纸条上写的字总是："来我家吧！我无聊死了！"

米奇是瓦屋古在公园里认识的。他们两个都喜欢收集火柴盒，而且都相信有飞碟存在。因此两人一见面就成了朋友。

米奇十岁了，比瓦屋古大两岁。

谁是瓦屋古最好的朋友呢？这可说不清。有时瓦屋古最喜欢乌丽，有时最喜欢克桑迪，有时喜欢奥利弗，还有时喜欢丹妮。不过一般情况下，米奇是瓦屋古最好的朋友。

奇怪的是，克桑迪和奥利弗却受不了米奇。他们总说："米奇无聊死了！和米奇根本玩不起来！"乌丽和丹妮的关系也不太好。丹妮总对瓦屋古说："你的乌丽就像个 Baby！"而乌丽则说："我不喜欢丹妮！她总像个大人似的，摆出一副了不起的样子，她以为自己是淑女呀！"

所以，有丹妮在的时候，瓦屋古就不能邀请乌丽来。他去公园找米奇的时候，也不能带上克桑迪和奥利弗。

只有瓦屋古过生日的时候，五个朋友才能到齐。他的生日派对上有好多孩子：三个堂姐妹、七个堂兄弟、楼道管理员阿姨家的男孩、爸爸老板的女儿，还有妈妈朋友的儿子们……这么多的孩子在一起，也就没人觉得自己受不了谁了。

瓦屋古在学校过得很好，在家也过得很开心。其实，瓦屋古无论在哪儿都过得不错。他对自己的生活很满意，然而其他人却经常对瓦屋古不那么满意。

妈妈常常说："行了，小麻雀，你又开始胡说八道了！"

爸爸常常说："好了，小跟班，你又说得天花乱坠了！"

奶奶常常说："小伙子，你说一次实话行不行啊？"

爷爷常常说："彼得，你又骗人，就不害臊吗？"

姐姐常常说："小不点儿，你对天吹牛去吧，别跟我说！"

就连小弟弟也经常说："这不是真的，头儿。"

只有那五个朋友相信瓦屋古说的话。

　　瓦屋古和实话的关系是这样的：瓦屋古觉得说实话太无聊了！所以他喜欢编故事。编出来的故事比实话惊险得多，有趣得多。惊险又有趣的故事当然要讲出来啦！可是瓦屋古发现，每当他说"嘿，我编了个故事……"时，就没有人听他讲话了。人们好像对想象出来的故事不太感兴趣。所以现在瓦屋古编的故事，听起来就好像他真经历过似的："真的！"每个故事结束后，瓦屋古都会这么说，"真的是这样！我发誓！"

　　一次，瓦屋古从学校回来，他的裤子脏死了，手也脏兮兮的。妈妈问："咦？小麻雀，出什么事了吗？"如果瓦屋古告诉妈妈实话，他就得这么回答："我想买一支红铅笔。可是在文具店门口，当我从裤兜里掏出两块钱硬币时，硬币掉了下来，往下水道的方向滚。我怕它掉进去，赶忙追。下水道周围泥泥水水、湿湿滑滑的，我不小心摔了一跤。两块钱也找不着了！没了！"

可是，瓦屋古给那丢了的两块钱硬币编了个更好的故事。他讲给妈妈听：

"我在从学校回家的路上想买支红铅笔，所以在文具店门口从裤兜里掏出两块钱。我紧紧地、紧紧地攥着硬币，可是怎么也抓不住它。硬币从指缝里滑下来，嗖地落在地上，然后穿过我脚下的下水道盖板，掉了进去。'怎么回事？不可能呀！'我边想边掀开下水道盖板。猜我看到了什么？下水道里藏着个人，他手里高举着吸尘器。原来是这个家伙用吸尘器把我的硬币吸到了下水道里！我二话不说，飞快地爬下去冲他喊：'还我钱！要钱，还是要命！'

那家伙拿着吸尘器转身就跑，我在后面追！我们穿过整条下水道分支，来到一条更加宽阔的下水道里。他跳进一条小船，划走了。我本想跳下去追，可是水里有上千只老鼠，它们在那儿吱吱地吵，叽叽地闹，还龇着牙，咧着嘴。

我只好由他去了，自己从下一个下水道口钻了上来。所以现在裤子特别脏，红铅笔没买成，两块钱也没了！

真的！真的是这样！我发誓！"

瓦屋古就这样讲完了两块钱的故事。

有时，奶奶会问瓦屋古上午在学校过得如何，这时候，瓦屋古也有好多故事要讲。

有一次是这样的：

"老师今天穿着白婚纱来上课，因为中午放学以后，她要和四年级 A 班的老师结婚去。

老师漂亮极了！可是体育课上她给我们做示

范，来了个前滚翻，不小心把头纱挂在了攀爬架上，弄出了一个巨大的窟窿。老师哭了，幸好女校长在算术课上把头纱缝补好了。真的！奶奶……"

　　当瓦屋古跟着爸爸一起修理汽车或者是瓦屋古的自行车时，瓦屋古也会给爸爸讲"真实"的故事：

　　一次，两个大男孩来捣乱，瓦屋古打败了他们。没想到捣蛋鬼竟然叫来了两个朋友，瓦屋古勇敢地和四个家伙打了起来！瓦屋古虽然胜了，但那四个坏小子又叫来了帮手。呼啦一下，又有四个人冒了出来！瓦屋古绝对不是八个人的对手，他跑向最近的一座房子，穿过大门跑进院子，爬上了后院六米高的围墙，跳到了另一户人家的庭院，然后从这家的大门跑了出去。

　　"那八个傻瓜，现在还藏在门口等我出来呢！真的！"

瓦屋古给弟弟讲的故事最精彩。弟弟特别喜欢听劫匪抢钱的故事，他总让瓦屋古一遍遍地讲给他听。故事是这样的：

"有一天我半夜醒来，头脑超级清醒，一点儿也不困，根本不想睡觉。所以我从窗子跳了出去……"

每次故事讲到这儿，小弟弟都会不厌其烦地问："那你怎么没把腿摔断？"

瓦屋古回答："因为我拿了奶奶的雨伞。我把伞撑开，它就像降落伞一样好用！

我把伞收好，立在墙边，出去散步。当我走到主街，忽然发现了两个黑影。他们带着黑色的蒙面丝袜罩，背着袋子从银行里走出来。我一看就知道，他们肯定是银行劫匪。

两个劫匪奔上汽车准备逃跑，但是发动机怎么也打不起火儿。这时，两个警察从公园方向走来，坏蛋看到了马上下车。他们低着头，猫着腰，偷偷跑过街拐角，来到废旧工厂前。他们卸下背上的钱袋，顺着窗户扔进了厂房……"

讲到这儿，弟弟又会问："钱袋现在还在工厂里吗？"

"当然！"瓦屋古回答，"而且除了我以外，没人知道！那两个警察随后赶到，把强盗逮了个正着！可是劫匪死不开口，沉默得像块石头！钱袋藏在哪儿谁都不知道！两个坏家伙被判了刑，关了起来。等刑期一满，他们一被放出来，就会马上去把钱袋取走！"

故事讲完之后，瓦屋古还会和弟弟好好商量商量，如何才能把钱袋从工厂里拿出来。

瓦屋古不给姐姐讲故事，因为她从来不认真听。

瓦屋古也不给爷爷讲，因为爷爷一听这些"真实"的故事就变得非常凶。

瓦屋古不仅给家里人讲故事，他还给朋友们讲——讲万德鲁士卡的故事。

"万德鲁士卡每个星期天都来找我，"瓦屋古对朋友们说，"过去他总来找爸爸谈生意，不过现在他是我的朋友！"

星期天怎么过？万德鲁士卡总有非常棒的点子，他可是世界级的出主意冠军。

一次，万德鲁士卡开着F1跑车带瓦屋古兜风，那可是在高速路上兜风呀！

"我们开得飞快，一小时能开三百三十公里。"瓦屋古告诉大家。当米奇说汽车不许在高速路上开这么快时，瓦屋古回答："高速路被禁行了！除了万德鲁士卡和我，所有人都不能在上面开。每个高速路入口都有警察拿着'禁止通行'的牌子把守。这

是因为万德鲁士卡是交通部长的弟弟。

星期天是万德鲁士卡的生日，交通部长问他想要什么生日礼物。万德鲁士卡说他想要一条空荡荡的高速公路，好让他有个机会试试自己的新跑车！瓦—屋—古！真是绝了！虽然兜风的时候，我的红帽子被吹丢了，可是这有什么关系？那次兜风顶呱呱，丢一百顶帽子都值！"

还有一次瓦屋古对朋友们讲："星期天我和万德鲁士卡去了普拉特游乐场，我们在那儿玩了神枪手射玫瑰游戏。万德鲁士卡是个射击高手！在第一个摊位上，他射中了所有的玫瑰。真是百发百中！玫瑰哗啦啦地掉了一地，就像是被人用镰刀齐刷刷地割下来似的。射掉的玫瑰有三百朵，一百朵红的，一百朵白的，一百朵天蓝色的。在第二个摊位上，万德鲁士卡又乒乒乓乓地射中了所有的玫瑰！一百

朵黄的，一百朵紫的，一百朵粉色的。第三个摊位也一样！其他摊主吓坏了，他们赶忙拉下卷帘门，把写着'星期天歇业'的牌子挂了上去。

既然不能玩射击游戏，我们就坐上了摩天轮。等我们的车厢转动到最顶端时，万德鲁士卡打开窗子，把九百朵玫瑰统统抛了出去。下面的人以为奇迹出现，天上下玫瑰雨了呢！瓦—屋—古，真棒！"

万德鲁士卡偶尔也干些非法的事。想听这些故事？那得先发"如果说出去，爸爸、妈妈、孩子全家变瞎、死翘翘！"的毒誓，谁都不能向别人透露一个字。事情是这样的：万德鲁士卡会仿制钥匙，世界上所有的钥匙他都能复制出来！银行钥匙、车库钥匙、别人家的门钥匙、饭店的钥匙，当然还包括玩具店的钥匙，万德鲁士卡都能仿制。

银行、车库、别人家的钥匙，还有饭店的钥匙，

万德鲁士卡才不感兴趣呢！不过玩具店的钥匙，万德鲁士卡对它的兴趣却很大，尤其是那些卖又大又贵的赛车跑道的玩具店。

八岁生日时，瓦屋古想要一个玩具赛车跑道。赛车跑道没盼到，电动火车倒是得到了！虽然小火车也很好玩，但瓦屋古最最想要的还是赛车跑道。瓦屋古经常和妈妈说："别的孩子都有赛车道！奥利弗甚至有两个——一个又大又新，一个又小又旧。为什么我一个都没有？"

妈妈每次都回答说："知道了，知道了，小麻雀！可这就是生活。有人有这个，有人有那个，没有谁能拥有一切。好多人甚至什么都没有！你应该庆幸自己不属于这群人。"

米奇有时会在公园里给瓦屋古讲他的赛车跑道有多好玩，克桑迪和奥利弗也会把新买的赛车拿到学校里。每到这时，瓦屋古就会讲下面的故事：

"我可不能把赛车跑道拿回家！我弟弟特烦人，什么东西到他手里都得坏。赛车跑道肯定也一样。但是我也不需要买什么赛车跑道，只要星期天早早地给万德鲁士卡打个电话，告诉他带上玩具乐园的钥匙就行了。"

瓦屋古说着停了下来，神秘地看着大家。克桑迪、奥利弗或者米奇就会问："接下来呢？接下来怎么了？"

"如果你们保证一个字也不说出去，我就告诉你们。"瓦屋古说。等克桑迪、奥利弗或者米奇举起手发誓以后，瓦屋古才继续讲道：

"万德鲁士卡和我要等到中午十二点。因为这个时间，所有人都在吃午饭，没人在街上闲逛。十二点的钟声敲到第六响，我们就从家里出来，沿街悄悄地溜到玩具乐园门口。万德鲁士卡用仿制的钥匙打开门，我们飞快地潜进店里，然后把最大、最贵的赛车跑道从柜子里拿出来组装好。我们俩可以一直玩到天黑。瓦—屋—古！赛车跑得热火朝天！玩得真起劲儿呀！我们每人至少有四辆玩具车在赛道上！我们当然也玩别的东西，玩具乐园里有牛仔装备和巨大的积木箱！还有左轮手枪呢！

天一黑，我们就得离开。因为店里不能有灯光，否则街上的行人会奇怪：本该在星期天歇业的玩具乐园怎么会亮着灯呢？这太不寻常了！看到的人会马上报告警察。警察们会呜哇呜哇地开着警车呼啸而来，把我们抓走！"

米奇希望瓦屋古能从玩具乐园里偶尔给他带点什么东西出来，一辆小汽车、一盒乐高积木或者一顶太空帽。但是被瓦屋古拒绝了："虽然我们闯了进去，但我们才不是小偷呢！每次玩完赛车和其他玩具，我和万德鲁士卡都会先把它们收到盒子里再回家。偷东西是不对的！不过像我们这样闯入别人店里，倒是没有什么害处！"

奥利弗、克桑迪和丹妮都嫉妒瓦屋古有个万德鲁士卡做朋友，米奇也羡慕极了。而乌丽不仅羡慕，还一定要认识认识万德鲁士卡！她对瓦屋古说："他是你的朋友，你是我的朋友，为什么我不能成为他的朋友呢？别总让万德鲁士卡在星期天找你！其他日子也让他来嘛！"乌丽这么说，是因为她每个星期天都要和爸爸、妈妈去乡下的奶奶家。

"不可能！"瓦屋古解释道，"除了周末，万德鲁士卡一点儿时间也没有。他是个特工，每天都要工作到半夜，而且工作结束后要马上睡觉。他必须放松神经，否则会被敌方间谍抓到的！"

乌丽信了瓦屋古的话。一个星期天的早晨，乌丽对妈妈说："你们自己去奶奶家吧！我要去找瓦屋古！"

"行啊！但是为什么？"妈妈问。

"为了万德鲁士卡。"乌丽把她知道的关于万德鲁士卡的一切都告诉了妈妈。

"可是乌丽,"妈妈笑着说,"别上瓦屋古的当呀!他的万德鲁士卡和童话《糖果屋》里的两兄妹一样,都是编出来的。"

乌丽不相信妈妈的话。

"别说瓦屋古的坏话。"乌丽叫道,"瓦屋古不会撒谎!妈妈你真坏!"

"好、好、好!"妈妈边说边牵着乌丽的手下了楼,按响了瓦屋古家的门铃。瓦屋古的妈妈打开门,"早上好!"她问候门口的两位客人。

乌丽妈妈说:"乌丽可以在你家玩吗?她不想去奶奶家!"

"当然可以!"瓦屋古妈妈回答,"小麻雀一定高兴极了!我家的小麻雀每到星期天都无聊得不得了呢!"

她把乌丽领到了瓦屋古的房间。瓦屋古正在整理他的火柴盒。

"小麻雀，"妈妈叫瓦屋古，"今天一整天都有人陪你玩了。这下不用再抱怨星期天是一周最没劲的日子了吧！"

"万德鲁士卡什么时候来？"乌丽问。瓦屋古手里的火柴盒忽地脱了手，他的脸色也变得苍白起来。"他、他、他——"瓦屋古说起话来磕磕巴巴地，"他、他今天不来了。万德鲁士卡病了！"

"谁不来了？哪个万德鲁士卡？"妈妈问。

瓦屋古的脸越发苍白。他突然咆哮起来："都从我房间里出去！我不想见到你们任何人！让我一个人待会儿！"

"小跟班怎么耍起了脾气？"爸爸急急忙忙地从客厅跑到瓦屋古的房间。

妈妈不知所措地耸耸肩。瓦屋古从来没有这么生气地吼叫过。

"不知道,"妈妈说,"我只是问了问那个因为生病不能来的万德鲁士卡是谁。"

瓦屋古窜出自己的房间,跑到卫生间,锁上了卫生间的门。

"谁是万德鲁士卡?"爸爸问。

"咱们的裁缝就叫万德鲁士卡!"奶奶在厨房里喊道。

"可是他没生病啊!"客厅的姐姐说,"我刚才还看到他骑着自行车从咱们家门口经过呢!"

"他为什么要来咱们家呀?"弟弟从浴室里探出头问。

乌丽小声说了句"再见",就咚咚咚地跑上了楼。她的爸爸、妈妈刚好站在家门口,爸爸正准备锁门。

"我和你们一起去奶奶家。"乌丽说完,走进门厅取来了夹克衫。

"怎么就玩了这么一会儿？"一家人走向汽车时，爸爸问。

"这可是我最后一次找瓦屋古玩了。"乌丽阴沉着脸说。

"别生瓦屋古的气，"妈妈说，"他没有恶意！"

"我就生他的气！"乌丽大喊，"我以后拿他当空气！当最最稀薄的空气！"

星期一下午，乌丽在文具店买本子。正巧米奇也走到了商店里，他要给自己的红色圆珠笔买支笔芯。

"嘿，米奇，"乌丽对他说，"瓦屋古的万德鲁士卡根本不存在，都是他瞎编的！"

米奇不相信。

"别说瓦屋古坏话，"米奇喊道，"瓦屋古不会撒谎！你真坏！"

乌丽把昨天在瓦屋古家所发生的一切讲给米奇听。

"胡说，完全是胡说！"米奇大声叫道，"肯定弄错了！我会弄清楚的！"

星期二，米奇在公园里和瓦屋古见了面。他们先玩了一会儿足球，爬了一会儿攀爬架，然后相互讨论了一下他们想拥有的超级火柴盒。最后米奇问瓦屋古："上个星期天怎么样？你和万德鲁士卡干什么啦？"

瓦屋古把一块口香糖塞进嘴里，大嚼起来。

"万德鲁士卡上周是不是没找你玩？"米奇问。

"找了，找了。"瓦屋古回答，"上个星期天特别好玩，我们乘着直升机在城里兜了一圈。可是飞行员突然晕了过去。瓦—屋—古！该怎么形容当时的惊险呢！万德鲁士卡只好让直升机降落下来，幸亏他学过开飞机！降落完美极了，直升机一点儿都没弄坏！机场的头儿为了感谢、奖励我们，请我和万德鲁士卡去了马戏团。拉噶兹马戏团是所有马戏团里最牛的一家！那里有两百头大象在跳舞，一百只老虎在唱歌，五十头猪在做算术，而且还有一条真正的美人鱼呢！"

"前天你去拉噶兹马戏团了？"米奇问，"没记错？"

米奇正盯着一张贴在树干上的海报，海报上写着：

"拉噶兹马戏团巡回表演，最后一场演出不容错过：五月十六号！"

五月十六号正好是两个星期以前。

"我怎么会记错？"瓦屋古嚷道，"我又没傻！我当然知道前天自己在哪儿！"

"你骗人！你是个骗子！"米奇说，"刚开始我还不相信乌丽，可现在我明白了，她说的都是实话！"说完，米奇转身走了。

星期三，米奇在去学钢琴的路上遇到了丹妮。

"瓦屋古是个大骗子。"米奇对丹妮说，"他的万德鲁士卡根本就不存在！"

"别说瓦屋古的坏话！"丹妮喊道，"瓦屋古不会撒谎。你真坏！"

米奇把乌丽讲给他的事和他昨天经历过的事统统告诉了丹妮。

"乌丽坏！"丹妮说，"你要是相信她，你也坏！我会证明给你们看，万德鲁士卡真的存在！"

星期四课间休息，丹妮在校园里问瓦屋古："告诉我，万德鲁士卡到底住在哪儿？"

瓦屋古讲给丹妮听："万德鲁士卡住在一座特别美丽的房子里。房子是亮蓝色的，百叶窗是白色

的。花园周围长着一圈红玫瑰花丛，门前还种着三棵冷杉。房子后面有个池塘，里面住着一只听话的鳄鱼，一只海豚也在里面游泳。海豚就像大学教授一样聪明！万德鲁士卡家的房顶上还安了天线，他能收到世界上所有的电视节目。"

"他住在哪条街？"

"在、在——"瓦屋古正想着，恰巧瞥见了停在校园里的货车。货车上载着运动器材，两个叔叔把它们卸下来，搬到体操室里。货车一侧写着几个大字：施泰纳家具搬运。

"他住在施泰纳巷。"瓦屋古回答，"施泰纳巷100号！"

"你去过他家吗？"丹妮问。

"去过一百次了。"瓦屋古没再对丹妮多说什么，因为上课铃响了。

下午，丹妮问哥哥："我想去施泰纳巷看看，可是妈妈不让我一个人走远路。你能和我一起坐车过去吗？"

"去那儿干嘛？"哥哥问。

"那有一座亮蓝色的房子，里面有一只听话的鳄鱼和一只像大学教授那么聪明的海豚。"丹妮回答。

哥哥把丹妮嘲笑了一番，他刚想回房间，丹妮就扯住了他的裤子。"你要是带我去，我就送你点儿好东西！"她说。

"你个小屁孩儿能送我什么？"哥哥用手指在脑门上比划着，"你以为我想要你的泰迪熊或者婴儿娃娃吗？"

"我送你……我可以替你清理五次猫咪的沙盆儿厕所。"丹妮说。

哥哥几个月前刚养了一只黑猫，他很喜欢它，可是却十分厌恶清洗猫咪上厕所用的沙盆儿。

"OK，"哥哥同意了，"这可是你提出来的啊！你清理沙盆儿十次，我就带你去。"

"五次！"丹妮叫道。

"去五次，回来也要五次。"哥哥不害臊地坏笑着。

丹妮点点头。只要能向米奇和乌丽证明万德鲁士卡是真的，就算让她清理一百次沙盆儿都行！

丹妮和哥哥乘地铁过去，坐了好多站，然后转乘有轨电车，又坐了好几站。两个人穿过一条宽阔的街道，在街角处拐弯，最后终于来到了施泰纳巷。

施泰纳巷是一条窄窄的小胡同，里面都是些又破又旧的灰房子。没一户人家有花园，没一座房子是亮蓝色的，而且也根本没有施泰纳巷100号。他们走到第40号，巷子就到头儿了。房顶上连天线的影儿都没有，更别提什么后院的海豚和鳄鱼了！

"这么一条糟糕的破巷子值得你清理十次沙盆儿吗？"哥哥说，"我看你是疯了！"

"之前我才真是疯了呢！"丹妮说，"不过现在我完全正常了！来这一趟还挺值的，不是吗？"

丹妮不想跟哥哥多解释什么。

丹妮一到家就打电话给克桑迪和奥利弗。她和这两个人约好星期五的七点半在超市门口见。"上学之前，我会把一切都告诉你们。"丹妮说。丹妮不能煲电话粥，因为妈妈不喜欢见到高昂的电话费账单。

星期五一上学，瓦屋古就发现三个朋友和平时不大一样。他们不和瓦屋古说话，不对瓦屋古笑，连看都不愿意看他一眼。课间休息时，奥利弗抓住瓦屋古的胳膊说："我们要和你谈谈！"

瓦屋古的肚子里忽然有了一种奇怪的感觉。

"怎么了？"瓦屋古问。

"和万德鲁士卡有关。"克桑迪说，"丹妮告诉我们，万德鲁士卡是你瞎编的！"

"不是的，真不是编的！"瓦屋古叫道。

"可丹妮说的话听起来也像是真的。"奥利弗回答说。

"你得向我们证明，万德鲁士卡真的存在。"克桑迪说。

"现在不行。"瓦屋古嚷道，"他在国外有个秘密任务，他——"

"别打岔。"奥利弗说，"在你介绍我们认识万德鲁士卡之前，我们不和你玩！"说完，克桑迪和奥利弗就跑到丹妮身边，和她咬起了耳根。瓦屋古走回座位，现在他绝望极了！

上课的时候，老师对瓦屋古很不满意。每次老师问他什么问题，他都回答不出来。瓦屋古的表现可不对劲儿呀！

"你到底怎么了？"老师问。

"我全身都不舒服，肚子和头感觉怪怪的，全身都怪怪的！"瓦屋古说。

"可怜的孩子！病了吗？"老师走到瓦屋古身边，"是呀，是呀，你的脸色也特别苍白！"

老师带着瓦屋古来到校长室。

"彼得病了。"老师说。

校长给瓦屋古家打电话，可是无人接听。因为奶奶购物去了，爷爷在按摩师那儿，姐姐去上学了，弟弟在幼儿园，爸爸、妈妈也都在上班。

于是校长把瓦屋古领到校医室，给了他十二滴洋甘菊药水喝。瓦屋古躺在白沙发上，校长还给他盖上了花格子被。

他一个人在校医室里躺了半天，脑子里都是些吓人的想法。他心想："我会一直病下去！再也好不了了！"瓦屋古完全忘了，自已根本就没病。十一点半，奶奶从市场回到家。五分钟之后，校长恰巧拨通了瓦屋古家的电话。又过了十分钟，奶奶来到了学校。

"小伙子，出什么事了？哪儿疼？"奶奶问。

"全身都疼。"瓦屋古小声说。

"来吧！我开车带你回家！"

"我起不来了。"瓦屋古又小声说道。

奶奶刚开始一点儿都不相信。她把瓦屋古从沙发上扶起来。但是瓦屋古膝盖一软，像一摊烂泥似的，可怜巴巴地瘫了下来。

"一小时之前他还能好好地走路呢！"校长说。

"今天早晨他也还活蹦乱跳的呢！"奶奶回答，"这是什么怪病？"

奶奶第三次把瓦屋古扶起来，可他还是软绵绵地栽倒了。校长叫来校工，校工抱起瓦屋古，把他送出校门，来到奶奶车前。瓦屋古被安顿进了车后座，奶奶给他垫了个毛绒靠枕，温柔地抚摸了他几下，还把瓦屋古的夹克脱下来，盖在他的身上。"咱们马上就到家了，小伙子。"奶奶安慰他。

回到家，奶奶架着瓦屋古往楼上走。她累得气喘吁吁，邻居们纷纷打开门瞧个究竟。胡博太太、爱德夫人，还有斯沃博达先生都来到走廊。听说瓦屋古不能走路了，大家都吃了一惊。

胡博太太叫道："这是小儿麻痹症！"

"他打过小儿麻痹症的疫苗。"奶奶上气不接下气地说。

爱德夫人惊叹道："是 A3 病毒！"

"但 A3 病毒是流感病毒呀！"奶奶呼哧带喘地回答。

斯沃博达先生大叫："是环境污染惹的祸，早晚有一天我们都会病倒的！"

"可是环境污染和膝盖也扯不上关系啊。"奶奶说完把瓦屋古放下，让他靠住墙。她在包里翻找家门钥匙。瓦屋古又慢悠悠地缩成了一团。

胡博太太、爱德夫人和斯沃博达先生帮奶奶把瓦屋古抬上床，脱掉他的衣服，给他换上睡衣。三个人在如何照顾瓦屋古这个问题上争论不休。胡博太太想给瓦屋古的肚子上放个装满热水的瓶子；爱德夫人想给瓦屋古的脑门来个冰袋；而斯沃博达先生则想给瓦屋古的胸口围一圈湿湿的退烧绷带。洋甘菊茶、茴香茶，还有荨麻茶，三个人各执己见。

最后奶奶喊道："好了，女士们、先生们，现在小伙子最需要的是安静，绝对的安静！"说完，她便把胡博太太、爱德夫人和斯沃博达先生赶出了房间。

"小伙子，如果你需要什么就叫我一声。"奶奶关上门。瓦屋古听到奶奶在门厅和三个邻居说了

会儿话，房门随后嗒的一声关上了。屋子里鸦雀无声。瓦屋古心想："或许奶奶去客厅打电话给医生了吧！"这个想法让瓦屋古有些不自在，而另一件事更让他不自在，因为瓦屋古现在急着想上厕所。这要是告诉奶奶，她肯定会拿个尿壶过来。瓦屋古可受不了尿壶！这不是给婴儿用的东西嘛！瓦屋古讨厌死尿壶了！

瓦屋古心想："让我的病好一分钟吧！"于是他跳下床，悄悄溜到厕所。上完厕所，他连水都没冲。但是刚出厕所门，瓦屋古就发现奶奶站在了面前。

"我就知道！"奶奶特别生气，瓦屋古很少见到她这副模样。"小伙子，你真是个坏跳蚤！"奶奶批评道，"这么大的人能跑能跳，灵巧得像个银鼠，可是却让我一个老太婆把你架到楼上！害得我差点儿心脏病发作！坏孩子！真是个坏孩子！"

"我本以为自己能走了。"瓦屋古呻吟道，"但我弄错了，哎哟，我又要摔倒了！"瓦屋古闭上眼，好像眩晕似地摇摇摆摆地晃荡了两下。他越来越矮，越来越矮，最后一屁股坐在了地上。

"站起来。"奶奶严厉地说，"我再也不信你演的这出戏了！"

"我真站不起来。"瓦屋古继续呻吟。

"你马上就能站起来了！"说完，奶奶蹲下来挠瓦屋古的脚心。

瓦屋古想挺住，可是他实在受不了。他急三火四地把腿收回来，大喊了一声"住手"，然后跳起来，像闪电一样飞快地冲回自己的房间。奶奶跟在后面追，不过比瓦屋古稍慢了一点儿。奶奶进屋时，瓦屋古已经上了床，从头到脚地把自己蒙在被里。

"听着，小伙子。"奶奶说。

"我听不见。"瓦屋古嘟囔着。

"你听得清清楚楚，"奶奶回答，"被子又不隔音！你要是不告诉我，这到底是怎么一回事，我马上就走，再也不回来了！"

"你要去哪儿？"瓦屋古从被子里探出头来。

"我要搬到西班牙的马略卡！那里一年四季都阳光明媚。我才不呆在你这只小猴子身边呢！"

"放假的时候才能去马略卡。"瓦屋古说，"而且假期只有四周！"

"我退休了。"奶奶骄傲地说，"我一整年都可以放假玩！"

瓦屋古一周之内失去了五个朋友，他可不想再失去奶奶！

"好吧！我告诉你。"瓦屋古讲给奶奶听，"我也不想生病，是老师说我病了。"

"那你就真信了？"奶奶打断瓦屋古问。

"我真的难受呀！"瓦屋古说。

"为什么难受？"奶奶又打断了瓦屋古的话。

"因为他们坏，他们都不做我的朋友了。"瓦屋古嚷道。

"和万德鲁士卡有关吗？"奶奶问。

"你怎么知道？"瓦屋古说。

"我什么都知道！"奶奶回答。其实奶奶也吹了个小牛，她不是什么都知道的。前天，奶奶刚好在楼道里遇见了乌丽妈妈，她把乌丽生瓦屋古气的事告诉了奶奶。

"现在该怎么办呢？"瓦屋古问。

什么都知道的奶奶，肯定也知道这件事该怎么办，他心想。

"噢，上帝啊！他们会和你和好的。"奶奶说。瓦屋古摇摇头，他本想要个更好的答案。朋友们怎么可能会原谅他，他们现在全都不和瓦屋古说话了！乌丽把瓦屋古当成空气，每次走到瓦屋古身边，乌丽都不理他。在公园里，米奇老远地见了瓦屋古，转身就走。今天在学校，丹妮看瓦屋古的眼神就像是看一只胖胖的花蜘蛛似的。克桑迪和奥利弗还对瓦屋古说，如果他不能证明万德鲁士卡是真的，他们就再也不和瓦屋古说话了！

"那你就给自己找些新朋友吧！"奶奶说。

"我才不要新朋友呢！"瓦屋古咧开大嘴，哇哇地哭了起来，"我要我以前的朋友！"他抽泣着，"我要把万德鲁士卡证明给他们看！"

"小伙子，你疯了吗？"奶奶说，"虚构的人怎么可能证明他存在呀？"说完，奶奶起身，走进了厨房。

瓦屋古从床上爬起来，坐在书桌前。在那儿，他能很好地思考思考。瓦屋古用铅笔在纸板上画了个小人儿，心想："世界上有那么多万德鲁士卡，总有一个会和我的万德鲁士卡一样！当然，他不用完全一样，有相似的地方就行了！"

瓦屋古跳起来，跑到门厅，取回电话簿。姓万德鲁士卡的人可多了，电话簿里有好多栏。第一个叫亚当，最后一个叫克萨韦。

　　瓦屋古想了想，自己有没有给万德鲁士卡取过名字呢？对了，他给万德鲁士卡取过名字！一次瓦屋古对朋友们说："瓦—屋—古！上个星期天特别好玩！万德鲁士卡过了圣名纪念日。因为他在世界各地都有朋友，所以收到了满满四洗衣篮的贺卡。贺卡送到的时候，万德鲁士卡正好在给他的房间贴壁纸，所以他就用贺卡代替了壁纸。十多万张写着'亲爱的威利，祝你好运！'的贺卡贴在墙上，瓦—屋—古！看起来真是棒极了！"

　　原来万德鲁士卡名字的昵称是威利！瓦屋古用食指在电话簿里搜索着，姓万德鲁士卡的那一栏特别长。亚当、朵拉、古斯塔夫、雅各布、利奥波德、瑙拉、蒂奥、乌利希、维克多、威廉姆！

威利·万德鲁士卡（修补裁缝），普雷斯特巷一号。

"瓦—屋—古！"瓦屋古高声叫道。威利·万德鲁士卡原来就是街角那个小裁缝！姓和名都对上号了，而且他的确和爸爸做过生意，因为妈妈总会把爸爸穿坏的裤子送过去修补。修补裤子当然要付钱了！这就是生意嘛！

瓦屋古脱下睡衣，穿上牛仔裤和T恤衫。

"奶奶，"瓦屋古喊道，"我有点儿急事要出去！我会马上回来的！"

还没等奶奶问他急着要去哪儿，瓦屋古就已经冲出了门。他一路小跑，下了楼梯，走过街道，来到了裁缝店。店面很小，简直就像一个小房间。小店的门脸儿上挂着一个牌子，上面写着：**快速制衣服务**。

这行字下面还有几个小字：

店主：威利·万德鲁士卡

裁缝店的门上也有个牌子，牌子小小的，上面写着：

午休时间：12 点—15 点

瓦屋古把脸贴在店铺大门的玻璃窗上，好奇地打量着小店里的陈设。他看到了一个柜台，上面放着插满鲜花的花瓶。他还看到了两个制衣模特，三个柜子。柜子里挂着裤子、裙子和休闲上衣。墙上有一面镜子，镜子四周贴着五颜六色的风景明信片。

"瓦—屋—古！"瓦屋古小声嘟囔着，心想："他的墙上也有卡片！虽然不是圣名节的贺卡，墙也没有被贴满，但他和我的万德鲁士卡还真有相似之处呢！"

瓦屋古刚打算悄悄离开，等下午三点再来，这时有人拍了拍他的肩膀问："小朋友，你是找我吗？"

瓦屋古回过头，发现一个瘦瘦的、长着蓝眼睛

的人站在自己面前。他一点儿也不老，头上长着黑黑的卷发，鼻子下面是浓密的小胡子，手里还拿了一个已经咬了几口的肝泥饼面包。

"刚才我去肉铺拿午饭了。"说着，他咬了一大口面包，然后好奇地看着瓦屋古。

"对不起，我不想打扰您吃午餐。"瓦屋古说，"可是爸爸要穿那条好看的裤子，他只有一条！今天下午爸爸要给他的姑姑过一百岁的生日。而且会带着一百朵红玫瑰去庆祝！"

威利·万德鲁士卡把门锁打开。"OK。"他嚼着面包叽里咕噜地说，"咱们把裤子给他找出来！"万德鲁士卡走进店里，瓦屋古飞快地跟在后头。

"把纸条给我。"威利·万德鲁士卡向瓦屋古伸手。

"什么纸条？"瓦屋古吃了一惊。

"那个粉色的纸条呀！"威利·万德鲁士卡说，"上面写着裤子的编号！"他边说边指着装裤子、裙子和上衣的柜子，"要不然，我可找不到你爸爸的裤子！"

"妈妈把纸条弄丢了。"瓦屋古说。

威利·万德鲁士卡叹了口气问："裤子什么样？"

"挺普通的。"瓦屋古回答。

"什么时候拿过来的？"威利·万德鲁士卡又问。

"昨天。"瓦屋古说。

"昨天没有人送裤子过来修补呀？"威利·万德鲁士卡觉得奇怪。

"那就是前天。"瓦屋古赶忙改口。

威利·万德鲁士卡从一个柜子里拿出条裤子。"是这个吗？"他问。

"对了，就是这条。"瓦屋古喊道。可是他马上意识到，从店里拿一条根本就不认识的裤子回家不好。而且他还发现自己没带一分钱，不能付修补裤子的账啊！所以瓦屋古说："不，不是这条。爸爸的裤子是绿色的，上面带着红条纹！"

威利·万德鲁士卡的脑门儿上皱起两道褶儿。"小朋友，"他回答，"我这儿根本没有带红条纹的绿裤子。这种裤子实在很稀奇！而且一百岁的姑姑也一样很少见。"他俯身对瓦屋古说："你骗人，小朋友！你到底想干什么呀？"

"我、我，那个，我——"瓦屋古磕磕巴巴地说，"我也想成为裁缝，就像你一样！我想看你工作，这样我就知道裁缝都做些什么了！"

威利·万德鲁士卡把裤子挂回柜子里。"你怎么不早说？"他回答，"没关系，小朋友，你想什么时候来就什么时候来。我正缺个伴儿呢！"

威利·万德鲁士卡敲了一下柜台。

"坐这儿。"他说，"我只有一个凳子。"

瓦屋古爬上柜台坐好，两条腿晃来晃去。威利·万德鲁士卡坐到缝纫机跟前，把最后剩下的肝泥饼面包塞到嘴里，呜呜地问："你也饿了吗？"瓦屋古点点头。威利·万德鲁士卡从上衣兜儿里掏出一板巧克力递给瓦屋古。"渴吗？"瓦屋古又点了点头。威利·万德鲁士卡从一个小柜子里拿出一瓶苹果汁和两个杯子。"为友谊干杯！"说着，他递给瓦屋古一杯果汁。瓦屋古拿起杯子，敬了威利·万德鲁士卡一下，然后一口气把果汁都喝光了。他边喝边想："真是中大奖了，这个万德鲁士卡真棒！取威利这个名字就对了！他的墙上有彩色的卡片！他还和爸爸做过生意！我们也成了朋友！过不了多久，我就可以把万德鲁士卡证明给克桑迪和奥利弗看了！"

然而事情并不像瓦屋古想的那么容易。

瓦屋古每天都要找威利·万德鲁士卡两次。一

次是在放学后，另一次是在瓦屋古下午做完作业以后。瓦屋古有的是时间！没朋友的人，空余时间倒是有一大把。只有在星期天，瓦屋古没法找万德鲁士卡玩。因为裁缝店歇业，威利·万德鲁士卡要回家乡克里茨多夫看妈妈。

瓦屋古费了好大的力气，想把威利·万德鲁士卡变成他的万德鲁士卡。但是这项工作就像硬骨头一样难啃！赛车手、神枪手、秘密特工和闯入犯，对于这些行当，威利·万德鲁士卡一点儿潜质都没有！而且他对此也不感兴趣。"我不需要汽车。"他说，"在这座小城里，骑自行车更快。如果要回克里茨多夫，我会坐火车，火车从来不堵车！"

射击他也一窍不通。"为什么要把玫瑰射下来？"他问瓦屋古，"开三枪就要花一欧元。有那一欧元，我可以买好多皱纹纸和花带，足够包裹五十支玫瑰花呢！"对于秘密特工和闯入犯，万德鲁士卡觉得他们只有在电影里才风光得起来。"或早或晚，他们都会被杀掉或者逮捕！"

做服装是威利·万德鲁士卡唯一感兴趣的工作。

工作时，瓦屋古也帮了万德鲁士卡不少忙。他会把扣子从乱糟糟的大扣子盒里找出来；会按颜色和线的粗细程度给线卷分类；还会把脱钙的水灌到熨斗里。有时，瓦屋古还会扫扫地，给花儿加点水，或者擦一擦衣柜上的灰尘。万德鲁士卡不用在缝纫机前工作时，瓦屋古还可以趁机练习缝直线。一次，瓦屋古又在万德鲁士卡面前滔滔不绝地讲赛车手、特工、神枪手和闯入者的美妙生活。威利·万德鲁士卡忍不住说道："小朋友，你脑子里哪根弦儿不对劲儿？看你每天都在想些什么呀？"

"你从来不幻想什么吗？"瓦屋古问。

"很少！"威利·万德鲁士卡回答。

"那你幻想时都想什么呀？"瓦屋古问。

　　"就是随便想想。"威利·万德鲁士卡小声说，脸不由地红了。

　　"说说嘛！"瓦屋古好奇地央求。

　　"不告诉你，我不好意思。"万德鲁士卡说。

　　"我不是你的朋友吗？"瓦屋古喊道，"在朋友面前有什么不好意思的呀？"

　　"那好吧！"万德鲁士卡回答，"有时我幻想自己不再是个修补裁缝，而是个服装设计师，专门设计一流的衣裳！我有一家很大的店。我设计的衣服，它们的照片都被登上了时尚杂志！"

　　"除了这个就没别的了？"瓦屋古问。

　　"有时我还会幻想出一个女孩来。她长着金色的长发和碧绿的眼睛。"

　　"干嘛用啊？"瓦屋古奇怪。

　　"爱她呀！"万德鲁士卡说着拿起一条男裤，用刀片把裤腰上的缝线拆下来。这条裤子需要换裤兜。"男顾客总喜欢把零钱硬币揣在兜里，"万德鲁士卡想转移话题，"再好的裤兜也扛不住，时间一长就磨出了窟窿。"

瓦屋古说："如果你有一辆跑车，一辆超级无敌快的车，好多女孩子都会追你的。你可以挑一个最漂亮的、金发碧眼的姑娘。如果你是秘密特工，就会有足够的钱买跑车！或者在马戏团做神枪手，挣的钱也够买跑车。我可以站在木板前面，你拿起枪乒乒乓乓地向我周围射击。弹孔离我的皮肤只有一毫米远！"

威利·万德鲁士卡把缝线从裤腰里抽出来，小声说："因为有跑车才喜欢我的女孩，我不要。我喜欢的女孩，喜欢的是真正的我。"

晚上，瓦屋古对妈妈说："我想您应该添一件新衣服！"

"为什么，小麻雀？"妈妈问。

"让自己变漂亮呗。"瓦屋古回答。

"小跟班，你妈妈已经很漂亮了。"爸爸说。

"可是一件美丽的衣服能让她变得更漂亮。"瓦屋古解释道。

"小麻雀说的对。"妈妈表示赞同。

"我也要新衣服。"姐姐大喊，"我长高了，所有衣服都小了！"

"我也要。"奶奶说。

"你也长高了，奶奶？"瓦屋古惊奇地问。

"是长胖了。"奶奶回答。

"你们想把我逼疯吗？"爸爸喊道，"给这个买件漂亮的，给那个买件长的，再给第三个买件肥的。这得花多少钱？我们不是还想换辆新车吗？"

"让万德鲁士卡给你们做吧！"瓦屋古大叫，"他是我的朋友，可以给你们便宜。而且他还是服装设计师！英国女皇的衣服都是他做的！真的！"

"小麻雀！"妈妈有些生气。

"嗯，不是给英国女皇，"瓦屋古改口道，"而是给最高层的臣仆做！真的！"

"小跟班！"爸爸摇着头。

"好吧！我不知道到底给谁做，反正是很有名的人。真的！"瓦屋古又改了口。

"小伙子！"奶奶伸出食指晃晃，威胁道，"别说谎！街角的修补裁缝什么时候给名人做过衣服！"

"他行的！"瓦屋古大喊，"他能做出全世界最漂亮的衣服！妈妈虽然不是厨师，不是也做出了世界上最好的苹果派吗？"

"小不点儿说得还挺有道理，"姐姐接茬儿，"我们可以在万德鲁士卡那儿试一试。"

"正好手头也有一些衣料，放着也是放着。"妈妈说。

"神不知鬼不觉,我已经长这么胖了。"奶奶说,"商店里我买不到合适尺码的时髦衣服。"

"你们真的会去万德鲁士卡那儿?真的?"瓦屋古问。

奶奶、妈妈还有姐姐都点了点头。瓦屋古高兴极了。

晚饭过后,瓦屋古问爸爸:"你认识哪个长着金色长发和碧绿色眼睛的女人吗?"

"当然了,小跟班。"爸爸说,"我们家的送奶工呀!"给瓦屋古家送牛奶的阿姨足有两百斤重,而且也已经五十多岁了。

"我问的是年轻、苗条、漂亮的。"瓦屋古嚷道。

"碧姬阿姨年轻、漂亮,还长着金黄色的头发和碧绿的眼睛。"弟弟说。碧姬阿姨是弟弟幼儿园的老师。

"她想找一个男朋友爱吗?"瓦屋古问。可是

小弟弟不知道。上床睡觉的时候，瓦屋古决定第二天去幼儿园接弟弟。他无论如何得去瞧瞧这位碧姬阿姨！瓦屋古打定主意，要让威利·万德鲁士卡的美梦成真。

当瓦屋古在床上思考如何把万德鲁士卡变成服装设计师，以及怎样给他找一个金发碧眼的女朋友时，楼上的乌丽也躺在床上想着如何与瓦屋古和好。乌丽每天晚上都在想这个问题。瓦屋古不在身边了，没有他的日子一点儿都不好玩。再没有人敲天花板和乌丽说晚安，乌丽也不能把写着字的纸条从窗户里放出去了。

入睡前，乌丽心想："撒谎又怎么样！我还是喜欢瓦屋古！"

米奇和乌丽一样，他也特别想瓦屋古。公园里的其他孩子对收集火柴盒和飞碟都不感兴趣。他们也没一个能像瓦屋古一样，讲那么有趣的故事。米奇最近总在想："像瓦屋古这样的朋友，我再也找不到了！每个人不是都有缺点吗？等他再来公园玩，我一定要和他和好！"

丹妮、克桑迪和奥利弗也不生瓦屋古的气了。丹妮说："虽然他是个骗子，但却是个可爱的好骗子！"

克桑迪说："好多人说谎说得更凶！"

奥利弗说："他说的话我们不全信不就行了！"

三个人达成一致："只要他承认，万德鲁士卡是他编出来的，我们就跟他和好！"

所有这一切，瓦屋古并不知情。他不再去公园玩了，因为他羞于见米奇。如果在楼梯里看到乌丽，瓦屋古也会飞快地跑开。在学校，下课铃声一响，瓦屋古就从座位上弹起来，跑到校工那儿。或是帮校工叔叔发牛奶，或是帮他把校园扫干净。放了学，瓦屋古会马上冲到万德鲁士卡的小店。他一点儿都不知道五个朋友想要和自己和好。

奶奶这回被瓦屋古感动了，因为瓦屋古说："奶奶，你总是没什么时间。今天我去幼儿园接弟弟吧！"

"小伙子，你懂事了！"奶奶感叹道，"今晚给你吃香草果馅糕！"

以前，瓦屋古总是拒绝去幼儿园接弟弟。"我可不是照料婴儿的阿姨！"每次他都这么说。

看到衣帽间里站着的不是奶奶而是瓦屋古，弟弟也开心极了。他把幼儿园里所有的小朋友都介绍给瓦屋古认识，碧姬阿姨当然也落不下啦！瓦屋古喜欢碧姬阿姨，她真的很漂亮。眼睛是碧绿色的，

金色头发也不是染的。但她到底是不是一个值得爱的好阿姨，瓦屋古还要先测试测试。瓦屋古开始行动：他偷偷拾起弟弟的一只鞋，趁人不备，"嗖"地把鞋从敞开的窗子扔到了花园里。瓦屋古的身手那是一个敏捷，碧姬阿姨和小朋友们都没发现。

随后，瓦屋古走到碧姬阿姨面前说："我弟弟左脚的鞋没了！找不着了！"

碧姬阿姨翻遍了所有装鞋的抽屉，找遍了每个角落，都找不到弟弟的那只鞋。她在地上爬来爬去，还拿了一把伞在柜子下面捅了半天。最后她说："咱们等所有孩子都走了再找吧，现在乱七八糟的不好找！"

所有的孩子终于都被接走了。碧姬阿姨又找开了，不过她当然找不着啦！

"真奇怪，这是怎么回事啊？"碧姬阿姨自言自语，手脚并用地在衣帽间里爬东爬西。瓦屋古看着她，心想："是个好阿姨！她没有发脾气！而且很有耐心！"

碧姬阿姨最后放弃了："白费力气。那只臭鞋子丢了！"她抱怨道，"或许谁不小心拿错了，可能明天就会拿回来！"

"那我光脚回家吧！"弟弟说。碧姬阿姨强烈反对，她说弟弟光脚走路会有钉子和玻璃片扎到脚里。"我开车送你们回家！"碧姬阿姨说。

瓦屋古心里乐开了花，他觉察到，这是实现那个鬼点子的大好时机。

碧姬阿姨有一辆小小的红汽车，汽车已经很旧了，开起来轰隆隆地响，排气管也跟着一起响叮当。

"对不起，"瓦屋古对碧姬阿姨说，"我还要找一下我们的服装设计师！妈妈为了她的新裙子让我给设计师捎个话！咱们能顺便去一下吗？"

碧姬阿姨同意了，不过她吃惊地问："这里还有服装设计师？"

　　"就在街角那儿。"瓦屋古解释道，"他能做出全世界最漂亮的衣裳！真的！而且最便宜！"

　　碧姬阿姨听了更加好奇。可是当她看到威利·万德鲁士卡的小店时，失望地对瓦屋古说："你是不是在骗我呀！这不是家修补店吗？哪里有什么服装设计师呀！"

　　"我没骗你。"瓦屋古生气地说，"请进来看一看，你会发现万德鲁士卡什么都会做！"

　　碧姬阿姨本不想进去，可是瓦屋古丝毫没有放弃的意思。他劝呀劝，说呀说，最后终于和弟弟拉着碧姬阿姨走进了万德鲁士卡的店里。

　　"这件是给我姐姐做的。"瓦屋古向碧姬阿姨介绍。

　　坐在缝纫机后面的万德鲁士卡抬起头。

　　"你好，小朋友。"他对瓦屋古说。

"你好，小家伙。"他对瓦屋古的弟弟说。

"您好，女士。"他站起身来，给碧姬阿姨鞠了一躬。

碧姬阿姨在小店里四下望了望，发现一个制衣模特身上穿着条黄裙子。裙子没完工，还缺两个袖子，一些用来固定布料的大头钉也露在外面。不过一打眼，人们就能发现，这真是条漂亮的裙子。

"真棒！"碧姬阿姨说着走到制衣模特面前。

瓦屋古对威利·万德鲁士卡耳语道："她合适吗？"

万德鲁士卡的额头上皱起两道深深的褶儿。他没明白瓦屋古的意思。瓦屋古指了指碧姬阿姨。

"她长着碧绿色的眼睛和金黄色的头发。"瓦屋古小声说。万德鲁士卡这才明白过来，他高兴地点点头。

瓦屋古挽起弟弟的手，把他拉出小店。

"嘿，头儿。"弟弟抗议道，"咱们怎么走了？我还没跟碧姬阿姨说再见呢！"

　　瓦屋古不理会弟弟的抗议。

　　"咱们在那儿打扰别人。"瓦屋古说。

　　"打扰谁了？怎么打扰了？"弟弟一边跟着瓦屋古往家跑，一边问。瓦屋古不回答，他心想：幼儿园的小屁孩儿哪知道什么是爱情！

　　瓦屋古和弟弟回到家，奶奶对他说："小伙子，有客人找你！"

　　瓦屋古走进自己的房间，发现乌丽坐在床上。"我还想做你的朋友。"乌丽说，"有没有万德鲁士卡都无所谓！"

　　瓦屋古不知道说什么好。他站在乌丽面前，咬着下嘴唇，看着脚尖。

　　"小伙子！"奶奶走了进来，"今天你去万德鲁士卡那儿了吗？"她问，"我的衣服可以试穿了吗？"

瓦屋古抬起头看着奶奶，眼神特别奇怪。这个眼神的意思是：快帮帮我！奶奶对这个眼神再熟悉不过了，她点点头问："万德鲁士卡最近怎么样？"

　　"还不错。"瓦屋古回答。

　　"你觉得万德鲁士卡明天有时间吗？"奶奶问。

　　"肯定有。"瓦屋古自信地说。

　　乌丽瞪着圆溜溜的眼睛问："真有这么个万德鲁士卡？"

　　"当然了！"奶奶眼睛眨都不眨地回答。

　　"可是那天，我星期天来的时候——"

　　乌丽刚开口，奶奶就打断了她。

　　"小乌丽，"奶奶说，"你得理解，一个秘密特工是不能总让人挂在嘴边的。小伙子不应该给你们讲他的故事！这些事都是严格保密的！"

　　瓦屋古一阵欢喜，肚子里暖融融的。他一直都特别、特别地爱奶奶！现在，他对奶奶的爱立马翻了倍。

"是啊!"奶奶叹了口气继续说道,"这都是小伙子的错,万德鲁士卡因此丢了工作。当一个秘密特工的身份不再是秘密了,他也就得提前退休。上帝保佑,万德鲁士卡多才多艺,什么都会。现在他是一名服装设计师,还给我做了衣服!做衣服比当间谍好多了!"

奶奶冲瓦屋古笑了笑,往厨房走。

"对不起啊,瓦屋古。"等奶奶走出了房间,乌丽说。

瓦屋古大度地接受了道歉。他和乌丽玩了三局飞行棋,三局连输!不过瓦屋古一点儿都不生气,连乌丽作弊,他都睁一只眼闭一只眼。乌丽偷偷把她的棋子往前挪了几步,瓦屋古假装没看见。

乌丽回家之前,瓦屋古对她说:"万德鲁士卡现在有了心爱的人。她可不能知道万德鲁士卡的过去。我们要让她觉得，万德鲁士卡一直以来都是名普普通通的裁缝。我答应过他，再也不提以前的事了！"

乌丽向瓦屋古保证，关于万德鲁士卡以前的事，她一个字都不会提。"不过我还要告诉米奇，之前是我弄错了。"乌丽说。

乌丽说话算话，第二天她就去了公园，把一切讲给米奇听。"可是马戏团是怎么一回事呢？"米奇问。

"马戏团的巡回演出经常会延长，"乌丽回答，"延长的消息是不会总写在海报上的！"

"原来是这样！"米奇明白了。

从公园出来，米奇走到丹妮家。他站在门口，把两根手指放到嘴里猛吹。他吹了半天，直到丹妮从窗子里探出头来。米奇冲丹妮摆摆手，喊道："下来，我有特别重要的事要告诉你！"

丹妮从房子里走出来，听米奇给她讲。

"但是施泰纳巷里没有养着鳄鱼和海豚的亮蓝色房子啊！"丹妮问。

"没准儿是你记错了街道的名字。"米奇回答。

"这也有可能！"丹妮说。

第二天，瓦屋古来到学校，坐到自己的座位上。克桑迪友好地拍了一下瓦屋古的肩膀说："你好啊，瓦屋古，最近怎么样？"

奥利弗把三个特别漂亮的火柴盒放在瓦屋古的桌上说："这是我爸爸从英国带回来的！"

丹妮则搂住瓦屋古的肩膀小声问："现在咱们又是朋友了吗？"

"是呀！"瓦屋古大声回答。这句话不仅是对丹妮说的，同时也是对克桑迪和奥利弗说的。

就这样，瓦屋古找回了五个朋友。

有时，他和朋友们一起拜访万德鲁士卡。当然不是五个人一起去啦！乌丽和丹妮还是受不了彼此，克桑迪和奥利弗仍然不喜欢米奇。

万德鲁士卡倒是喜欢瓦屋古所有的朋友。当瓦屋古和朋友来玩的时候，万德鲁士卡都很高兴。

裁缝店关门之前，碧姬阿姨也经常过来找万德鲁士卡。显而易见，她不是冲衣服而来的。如果只是为了新衣服，她就不会一口一个地叫着"威利宝贝"了。

瓦屋古的朋友们真的守口如瓶！谁都没问过万德鲁士卡过去的生活。当万德鲁士卡给他们讲自己的学徒生涯时，讲到他不会开汽车，而且晕飞机时，小伙伴们都会默默地笑起来，神秘地互相眨眨眼睛。

前几天乌丽还问瓦屋古："我觉得，万德鲁士卡自己都把过去的日子忘掉了。"

"当然了！"瓦屋古回答，"他一周会找三次水平高超的催眠师。催眠师盯着他，把两根手指放在他眼前。只要被催眠师盯着看过的人，就什么都能忘！"

　　像瓦屋古这样的小家伙，总会想到比现实更有趣的故事！